親愛的鼠迷朋友，
　　歡迎來到老鼠世界！

謝利連摩・史提頓

Geronimo Stilton

《鼠民公報》
辦公室

賴皮
（謝利連摩的表弟）

班哲文
（謝利連摩的姪兒）

GERONIMO STILTON

謝利連摩・史提頓

菲
（謝利連摩的妹妹）

老鼠記者 92

達文西的秘密
IL SEGRETO DI LEONARDO

作　　者：Geronimo Stilton　謝利連摩·史提頓
譯　　者：陸辛耘
責任編輯：胡頌茵
中文版封面設計：陳雅琳
中文版美術設計：劉蔚
出　　版：新雅文化事業有限公司
　　　　　香港英皇道499號北角工業大廈18樓
　　　　　電話：(852) 2138 7998
　　　　　傳真：(852) 2597 4003
　　　　　網址：http://www.sunya.com.hk
　　　　　電郵：marketing@sunya.com.hk
發　　行：香港聯合書刊物流有限公司
　　　　　香港新界大埔汀麗路36號中華商務印刷大廈3字樓
　　　　　電話：(852) 2150 2100　　傳真：(852) 2407 3062
　　　　　電郵：info@suplogistics.com.hk
印　　刷：C & C Offset Printing Co., Ltd
　　　　　香港新界大埔汀麗路36號
版　　次：二〇一九年九月初版

http://www.geronimostilton.com
Based on an original idea by Elisabetta Dami.
Art Director: Iacopo Bruno
Cover by Roberto Ronchi, Christian Aliprandi
Graphic Designer: Pietro Piscitelli / theWorldofDOT (Adapted by Sun Ya Publications (HK) Ltd.)
Illustrations of initial and end auxiliary pages: Roberto Ronchi, Ennio Bufi MAD5, Studio Parlapà and Andrea Cavallini |
Map: Andrea Da Rold and Andrea Cavallini
Story illustrations: Danilo Loizedda, Carolina Livio, Daria Cerchi, Valeria Cairoli
Artistic Coordination: Roberta Bianchi, Lara Martinelli
Graphics: Marta Lorini
Geronimo Stilton names, characters and related indicia are copyright, trademark and exclusive license of Atlantyca S.p.A.
The moral right of the author has been asserted.
All Rights Reserved.
No part of this book may be stored, reproduced or transmitted in any form or by any means, electronic or mechanical,
including photocopying, recording, or by any information storage and retrieval system, without written permission from
the copyright holder.
For information address Atlantyca S.p.A., Italy-Via Leopardi 8, 20123 Milan, foreignrights@atlantyca.it
www.atlantyca.it
Stilton is the name of a famous English cheese. It is a registered trademark of the Stilton Cheese Makers' Association.
For more information go to www.stiltoncheese.com
ISBN: 978-962-08-7364-5
© 2019-Edizioni Piemme S.p.A. Palazzo Mondadori, Via Mondadori, 1- 20090 Segrate, Italy
International Rights © Atlantyca S.p.A. Italy
Traditional Chinese Edition © 2019 Sun Ya Publications (HK) Ltd.
18/F, North Point Industrial Building, 499 King's Road, Hong Kong
Published and printed in Hong Kong.

老鼠記者 Geronimo Stilton

達文西的秘密

謝利連摩・史提頓
Geronimo Stilton

新雅文化事業有限公司
www.sunya.com.hk

目錄

叮鈴鈴鈴鈴！   9

謝利連摩・史提頓一諾千金！   17

出發啦！！！   21

我暈機浪啊！   28

兒時筆友   32

抱歉，史提頓先生……   37

預備，出發！   41

嗖嗖嗖！   48

豐盛的晚宴   53

探索達文西的故鄉	60
達文西留下的謎團……	68
城堡的塔樓	75
追尋線索	79
黑暗的秘道	87
達文西的鬼魂？	91
音樂謎題	99
投入大自然	106
達文西，偉大的天才！	114

羅貝塔

李安納度·達文西博物館的館長，
謝利連摩的兒時筆友。

馬克斯·坦克鼠

謝利連摩的爺爺，《鼠民公報》的
創辦鼠。

班哲文·史提頓

謝利連摩的姪子，聰明伶俐。

菲·史提頓

謝利連摩的妹妹，《鼠民公報》的
攝影師。

叮鈴鈴鈴鈴！

這天**早上**，妙鼠城的天空萬里無雲，湛藍明淨。我不禁停下腳步，抬頭欣賞……

我以一千塊莫澤雷勒乳酪的名義發誓，天空中一架架**飛機**漸漸下降，看起來快要落在眼前一樣呢！誰知道它們正飛向什麼地方呀？！

它們會飛到哪裏去呢？

啊呀呀，我怎麼這樣沒禮貌，居然忘了自我介紹！我叫史提頓，**謝利連摩·史提頓**。我經營着《鼠民公報》，也就是老鼠島上最有名的報紙！

　　你們大概已經猜到，那天早上我就在妙鼠城**機場**附近，也許你們會問：我去那裏幹什麼呀⋯⋯

　　難道是要去貓島環礁**渡假**？

　　還是去一座古老的

　　歐洲城市**旅行**？

　　又或是出發去採訪**報道**

　　全世界最美味的乳酪？

　　不對，不對，都不對！

　　其實，我是送我的姪子班哲文和翠兒去機場。要出遠門的是他們，可不是我！

　　就在這時，班哲文突然一把抓住我的手臂，說道：「快點吧，啫喱叔叔！我的班主任**托比蒂拉**老師一定已經到了啦！」

　　翠兒在他身旁一蹦一跳，催促我說：「親愛的啫喱叔叔，別再磨蹭啦！」

　　孩子們早就已經迫不及待，因為他們馬上就要坐飛機前往**意大利**啦！他們的目的地是文西小鎮*……沒錯，那就是偉人**達文西**的故鄉！

　　這次旅程由班哲文學校的一個學會——**達文西之友國際俱樂部**所舉辦。此學會招收的會員對象為兒童，讓孩子們對偉人達文西有更深入的認識，而班哲文和翠兒就是學會的成員。

　　我們走進機場，直奔**出境大堂**，因為那是我們和托比蒂拉老師相約集合的地方。

---

*文西 (Vinci)，又譯「芬奇」，意大利佛羅倫斯省的一個小鎮。

李安納度‧達文西 (1452-1519)
(Leonardo da Vinci)

我們無法只用一個詞語來描述達文西！他是畫家、建築師、工程師、科學家、發明家、數學家……他多才多藝，留給了後世不計其數的發明，多方面推動人類的科技、文化及藝術的發展。

奇怪！ 托比蒂拉老師居然還未到達！

班哲文興奮地喊道：「我已經迫不及待要認識俱樂部裏的新朋友啦！」

翠兒則補充道：「我最期待的，是在我們最崇拜的天才家裏，慶祝他誕生500周年的紀念日！」

就在他們沉浸在各自的美夢中時，我看了看手錶……啊！我的臉頓時變得和莫澤雷勒乳酪一樣蒼白！

前往佛羅倫斯的航班還有半小時就要起飛了……

托比蒂拉老師到底發生了什麼事呢？？？

不行，我要給她打個電話！可就在這時……

叮鈴鈴鈴鈴！

我以一千塊莫澤雷勒乳酪的名義發誓，

那正是我的手機響起了！難道

是托比蒂拉老師？

「喂？你好！我是史提

頓，謝利連摩‧史提頓……」

一把熟悉的聲音從電話那頭傳

來，氣勢洶洶，說：「**孫兒！** 你究竟在胡鬧些

什麼？這個時間你不是應該在編輯部工作的嗎？

難道你不知道重大消息都是一早就來的嗎？」

我試圖辯解，說：「可是爺爺……我……孩

子們……老師……」

然而，這卻無濟於事，爺爺已經掛了電話。

我開始撥打托比蒂拉老師的電話號碼……可

是，**叮鈴鈴鈴鈴！**我的手機又響了起來！這次一定是她！

「喂？你好！我是謝利連摩‧史提頓……」

「**謝利連摩**！你居然不會來文西小鎮！為什麼呀?!我們都這麼多年沒見了！」

以一千塊莫澤雷勒乳酪的名義發誓，那是我的一個好朋友，羅貝塔——達文西博物館的**館長**。她特地打長途電話給我！咕吱吱，我居然忘了告訴她，我不會參加這次旅行！

我支支吾吾：「你好啊！真不不不好意思！我實在有太多工作要……」

還沒等我說完，手機就**嗶嗶嗶**響了起來。這是有別的來電通知……一定是托比蒂拉！

於是，我說道：「請你見諒，羅貝塔，我一會兒再打給你！」

又是誰？!

我剛掛上電話，才發現那個未接來電是菲打來的！於是，我立刻回撥了電話……

叮鈴鈴鈴鈴！

「**謝利連摩！**」我的妹妹沒好氣地說道：「孩子們要去文西鎮，你怎麼不告訴我呢？天才鼠剛研製出一架飛機，就是受到達文西發明的**飛行器**所啟發的；他要我幫忙檢測其性能。你說，如果能駕駛它飛去意大利，那不是一舉兩得嗎？」

「呃……我……」我試圖解釋，卻無濟於事……菲已經掛上了電話！

我快被這幾次通話弄得頭暈轉向啦！突然……**叮鈴鈴鈴鈴！**手機又響了！

「史提頓先生！我是托比蒂拉老師，我已經

15

打了半個小時電話找你！我能知道你究竟在忙些什麼嗎？」

「呃……真是說來話長！抱歉！你在哪裏？」

老師歎了口氣：「我正是為了這件事打電話給你！很遺憾，我正在**發燒**……沒法陪班哲文和翠兒去文西鎮了！」

我以一千塊莫澤雷勒乳酪的名義發誓，這真是一個糟糕的消息！不，簡直是大悲劇……

不，是一場天大的災難！！！

咕吱吱，真是一場天大的災難呀！

謝利連摩‧史提頓一諾千金!

恰恰就在這時,機場的**喇叭**響了起來,進行廣播:

叮噹!
叮噹!

請注意!請注意!
超鼠航空公司前往佛羅倫斯的航班已經起飛!
重複一遍:超鼠航空公司前往佛羅倫斯的
航班已經起飛!

咕吱吱,什麼?!

我的四肢瞬間癱軟,簡直就像**斯特拉齊諾乳酪**那樣軟,身體直冒起**冷汗**來!

　　翠兒嚎啕大哭，淚如泉湧。

　　「嗚啊啊啊啊啊啊啊！啫喱叔叔是壞蛋！你只顧自己在**電話**裏聊天，害我們錯過了飛機！嘩啊啊啊啊啊！」

　　班哲文則唉聲歎氣：「別了，文西鎮。別了，意大利……別了，達文西！」

　　我很難過，不，簡直是**內疚至極！**

看到他們這樣**難過**，我的心都要碎了！我必須得做些什麼安慰他們才對！

於是，我突然有了一個想法……

我鼓起勇氣說道：「你們不需要任何告別！就讓我親自陪你們去意大利一趟……而且我們絕不會遲到。*謝利連摩・史提頓一諾千金！*」

聽到我的話，兩個孩子立刻歡呼雀躍：「**嘩啊！太好了！**」

隨後，翠兒說道：「啫喱叔叔……可是，這樣你就要向**編輯部**請三天假了呢。馬克斯爺爺一定不會高興……」

班哲文又補充道：「而且，去意大利**路途遙遠**。你不是最討厭坐飛機的嗎？」

咕吱吱！因為不安，我的鬍鬚開始**亂顫**個不停。他們非要提醒我這些事嗎？！

然而，我已經下定決心。於是，我說道：「沒錯……當然……這些我都知道……但是，我都已經對你們許下了諾言！所以，誰也不能阻止我們一起去參加**李安納度‧達文西**的紀念活動！」

出發啦！！！

我隨即馬上衝到航空公司的訂票服務櫃台。

「早安！」一位航空公司職員女鼠微笑着向我問好，「有什麼可以幫你嗎？」

我回答道：「我需要三張前往意大利佛羅倫斯的**機票**，現在，立刻，馬上！」

女職員開始在**電腦**上搜索資料。幾分鐘後，她搖頭說道：「很抱歉，所有航班都已訂滿，最快要到周五才有空位。」

什什什什什麼？？？周五？那不就是三天後⋯⋯對我們來說這實在**太遲**了！

於是，我又問：「你能不能再查一下？也許還能找出三個空位⋯⋯」

也許還能找出三個空位？

一個座位也沒有了，全部滿座！

她回答：「一個座位也沒有了，**全部滿座！**」

我耷拉着腦袋，失落地回到孩子們身邊，解釋道：「實在抱歉，所有 機 票 都賣完了。」

出乎我意料，翠兒非但沒有失望，還露出了狡黠的笑容，説：「有了，啫喱叔叔，你還有法子呢！趕快打給菲吧！」

我一臉疑惑，問道：「菲？為什麼呀？」

翠兒不禁催促：「啫喱叔叔，菲不是才告訴你，她要幫忙 檢測 一架新研製的飛機嗎？我們正需要飛機呢！」

班哲文叫道：「對！叔叔，快打電話給她！」

　　我以一千塊莫澤雷勒乳酪的名義發誓，讓我坐上一架還沒經過檢驗的飛機**飛行**去意大利？我不要啊！可是……我別無選擇！

　　我撥通電話。鈴聲才響了一下，菲就接聽了，說：「謝利連摩，你什麼也不用說，我全都知道啦！老師生病了！你們一定是沒趕上飛機，所以想讓我帶你們去佛羅倫斯，對吧？」

　　我回答道：「沒錯啦……」

　　菲繼續說道：「你可真是個**大笨蛋！**不過，算你走運，還有我在！你看，我連行李都替你收拾好了！快來6號登機閘口*，我在那裏等你們！」

　　我不禁問：「可是，天才鼠這架飛機……到底是否安全呀？喂？喂？」

　　可是，菲再一次掛斷了電話！

　　「*簡直不同凡響！！*」翠兒歡呼道。

　　「還等什麼？快去6號登機閘口吧！」

＊登機閘口：在機場，乘客需要通過登機閘口的通道登上飛機。

我垂頭喪氣，只能跟在孩子們後面，來到登機閘口。

此時，**菲**已經在停機坪上等候我們……在她身後，有一架長着巨大翅膀的飛行裝置。

班哲文朝我妹妹飛奔而去，大聲高呼：「這是一架**撲翼機**呢！嘩啊！真是太酷了！」

我害怕得差點暈了過去，好不容易才擠出幾個字來：「什……什麼飛機？」

菲解釋道：「這是一架撲翼機，就是透過拍動翅膀的方式來飛行的飛行器……它仿如展翅飛翔的鳥兒！天才鼠發明這架飛機，是為了向達文西致敬！他還增設了一個**超級渦輪**引擎，這樣飛機就能進行遠距離飛行啦！」

我的臉頓時變得**慘白**，就像莫澤雷勒乳酪一樣！「呃……我不想坐上那玩意兒……」

翠兒搖頭說：「難道你不相信天才鼠嗎？難道你不想陪我們去意大利了嗎？難道你忘了，菲阿姨是一名出色的**飛行員**嗎？」

我連忙回答：「我當然相信天才鼠！我當然想陪你們去意大利！我當然知道菲是一名出色的飛行員……」

但是，我可不相信那個**鐵鳥兒**。咕吱吱！！！我正想解釋，可已經來不及啦！

菲和孩子們已經把我拖上了飛機，還齊聲叫道：「出發啦！」

引擎一發動，飛機的一對翅膀就開始快速拍動起來。菲叫道：「大家快繫好**安全帶**……我們要起飛啦！」

我們的飛機隨即開始往上升，越升越高。只是一顫鬍鬚的功夫，就已經升到了**雲端**之上。

真是嚇死鼠啦！

哇啊！

太酷了！

我必須承認待在天上飛行的感覺⋯⋯
其實也沒那麼糟糕呢！

我幾乎——我是說幾乎——就要放鬆下來。

可就在這時，菲突然高呼：「很好，你們要抓緊
了！現在我們要啟動⋯⋯

渦輪裝置！」

我暈機浪啊！

　　菲啟動了裝置，飛機的翅膀拍打節奏變得更猛烈了。我們的身體也隨之一起顫動起來，簡直就像一塊塊梵蒂娜乳酪布丁！

　　伴隨着翅膀的每一次拍打，飛機上的機械裝置都會吱嘎作響……我們的行李箱也不安靜……哐哐哐……啊！還有我的胃！我早餐吃過的那些葛更佐拉乳酪夾心餅乾，此刻已開始在胃裏翻江倒海……嘔　嘔　嘔！

　　翠兒一邊打量我，一邊說道：「班哲文，你說，啫喱叔叔的臉究竟是草綠色呢？還是墨綠色呢？真是難以形容……」

不能稍為減速嗎？

班哲文卻一臉憂心忡忡，問：「你還好嗎，啫喱叔叔？」

我正想回答，可是……我的**胃**不停翻滾，讓我幾乎說不出話來！

我感到身體不適，暈機浪啊！

當身體情況稍為緩和，我就問妹妹：「菲，你就不能稍為**減速**嗎？」

菲卻說：「不能，謝利連摩！要是我減速，我們就不能準時到達意大利。難道你想耍大牌，讓**達文西之友國際俱樂部**的小朋友，還有博物館館長都要等你嗎？！」

我垂頭喪氣，無力地癱倒在座椅上。

班哲文問道：「叔叔，讓我們來跟你說說有關達文西的趣事，好嗎？說不定能分散你的注意力呢！我和翠兒都認真搜索了很多資料啊！」

我微笑道：「當然可以！這個主意太好了！」

一起來認識達文西！

- 達文西於1452年4月15日在文西小鎮出生。
- 他是左撇子，常常以鏡像書寫，即文字左右反轉。
- 在父親的支持和鼓勵下，他努力追求自己的繪畫夢想，曾到著名的意大利畫家和雕塑家韋羅基奧 (Andrea del Verrocchio) 的畫室求學。
- 達文西不僅是一個偉大的畫家，創作了許多諸如《蒙娜麗莎》和《最後的晚餐》等驚世畫作，還在科學上多個不同的領域取得偉大的成就，博學多才。
- 達文西多才多藝，熱愛大自然，總能通過觀察自然，發現新的知識。他在天文、地理、動植物學上也有重大的貢獻。
- 他興趣廣泛，心思縝密，熱衷遊戲、字謎和畫謎。
- 他有很多兄弟姊妹，當最小的弟弟出生時，他已經46歲了！

聽着孩子們關於**達文西**的介紹，不知不覺中，我的胃已經不再難受了。

他可真是一個魅力四射的偉人啊！

就在這時，菲突然高喊起來：「快看下面！我們已經飛到**意大利**的上空啦！」

我以一千塊莫澤雷勒乳酪的名義發誓，真的這麼快就到達了?!

只要想想其他事情，時間就過得飛快呢！

意大利

兒時筆友

　　我好不容易放鬆下來，菲又通知大家：「飛機下降會有點顛簸，大家抓緊了！」

　　在降落時，天才鼠的飛機上上下下，搖晃個不停。我的臉又變得和莫澤雷勒乳酪一樣蒼白了！但兩個孩子卻非常興奮。

　　「呀吼！」班哲文不禁歡呼。

　　「菲阿姨，還不夠刺激呢！」翠兒說。

　　好不容易，飛機終於降落在**佛羅倫斯**。

　　翠兒有些失望：「唉……我們不能再多轉一圈嗎？」

　　我趕忙阻止：「啊！千萬不要！我們還要趕去和羅貝塔見面呢！」

　　其實，李安納度‧達文西博物館的**館長**已經在機場入境大堂等候我們了。她迎面向我走來，喜出望外：「謝利連摩！你還是來了！哈！瞧你，真是連根鬍鬚都沒變呢！」

　　我們熱情地互相擁抱。在這次旅程，我可以趁機和許久未見的**朋友**重逢，真是太好了！

　　我告訴班哲文和菲：「你們知道嗎？在差不多你們這個年紀的時候，我和館長就已經成為筆友啦！」

歡迎！

　　羅貝塔在一旁點頭：「我倆就讀的學校是姐妹學校，分隔兩地，那時我們每周都會互通*書信……*」

達文西博物館館長

我繼續説：「後來，有一次我來意大利旅行，於是我們就見面了……就像你們現在和**達文西之友國際俱樂部**的小朋友們一樣！」

這時，館長打斷了我：「我們邊走邊説吧，大家都正在機場外等着你們呢！快跟我來！」

班哲文和翠兒**激動**地看了對方一眼，便朝出口飛奔而去。

「終於等到你們啦！」最先説話的是一隻女鼠，她的頭上紮着一頭**小辮子**。她迎面走來，説道：「我叫阿嘉莎！」

翠兒回應：「你就是俱樂部裏的『音樂家』！」

女鼠笑了：「沒錯！給你們介紹，這位是我們的『**考古**專家』。」

只見一位熱情友善的黑髮男鼠向他們致意：「我叫凌寧，早就迫不及待想認識你們啦！」

布萊恩
美國
榮譽會員

阿嘉莎
荷蘭
榮　　會員

凌寧
中國
榮譽會員

皮埃爾
法國
榮譽會員

萊昂諾爾
西班牙
榮譽會員

達文西之友
國際
俱樂部

班哲文回應道：「我們也很期待呢！經過這麼多書信來往，我們**終於**見面啦！」

「是呢！對了，我們來猜個歡迎謎語，好嗎？」提出建議的是另一隻男鼠，長着一頭金髮。

翠兒露出了狡黠的笑容：「我不知道我是否能猜出**謎語**。我只知道你一定是布萊恩，**猜謎高手**！」

　　一位留有長辮子的女鼠發言了：「真厲害！你猜對啦！對了，我叫萊昂諾爾。還有那一位，他叫皮埃爾！」

　　她指了指一位戴着（眼）（鏡）的男鼠。男鼠點頭致意，說：「看來達文西之友國際俱樂部的成員已經全體到齊啦！」

　　「一場精彩的冒險就要開始啦！」翠兒歡呼。

　　看着孩子們難得結交了志同道合的朋友，我心情激動得鬍鬚亂顫起來：

友誼可真是這世上最珍貴的寶貝！

抱歉，史提頓先生……

　　沒走多遠，我們就看到了達文西博物館的**穿梭巴士**來接載我們到文西小鎮。

　　小巴在托斯卡尼綿延的**山丘**間穿行，我趁機用平板電腦拍了好多照片。啊！這裏的風景可真是美麗，生機勃勃，綠意盎然。

這裏的環境優美，**寧靜祥和**！這時，有鼠拍了拍我的肩膀……

原來是凌寧。他問我：

「抱歉，史提頓先生，你能**讓開一下**嗎？我想拍張風景照！」

我笑着回答：「當然啦，凌寧！從這裏看出去，景色非常美麗啊！」

我換了個座位，繼續欣賞這美不勝收的**自然**風光，可……

「抱歉，史提頓先生！你能把這個座位讓給我嗎？」

「當然啦，皮埃爾。我可以坐到阿嘉莎旁邊……」

呃啊！

看，這邊的景色！

但是，我才剛坐下，阿嘉莎又說道：「抱歉，史提頓先生，你能**往前**坐一點嗎？你擋住我的光線了！」

「好……好的，阿嘉莎。」我不禁結巴起來。

誰能想到，我的噩夢才剛開始……

➡ 之後，布萊恩問我能不能調一下位置，這樣大家就能拍一張集體**自拍**照了；

➡ 班哲文又問我能不能換個座位，這樣他就能和翠兒坐在**一起**；

➡ 翠兒要我站起身，幫她從行李箱裏拿出一本**意大利**旅遊書。

➡ 萊昂諾爾又讓我**換個座位**，因為她想和阿嘉莎説話。

我以一千塊莫澤雷勒乳酪的名義發誓，因為不停地轉身，換座位，再轉身……我已經開始**暈車浪**啦！

為什麼，為什麼，為什麼這一切偏偏都只發生在我身上？！

預備，出發！

終於，一塊路牌出現在我們面前。

我總算鬆了一口氣，而同行的小伙伴們已經興奮地哼唱起來：

「終於到達，呵呵呵！
終於到達，啦啦啦！」

　　下車後，我們很快就來到了**文西**小鎮的中心。面對這座充滿文化氣息、風光如畫的小鎮，我們全部都看得入迷！

　　突然，一位氣喘吁吁的男鼠上前握住我的雙爪，激動地說道：「歡迎光臨，謝利連摩！我叫托貝托‧繩子鼠，是**拔河**教練！非常感謝你加入我們！」

　　我一臉疑惑地看着他：

他在說什麼呀？

文西小鎮

　　文西小鎮位於佛羅倫斯省與皮斯托亞省交界處。它坐落在風光秀麗的蒙塔爾巴諾山坡上，四周綠樹成蔭。

　　1452年4月15日，達文西在鎮上的安奇諾村誕生。

　　這位傑出的天才在鎮上度過了他的童年時光。

　　在小鎮的中心，矗立着圭迪城堡。連同烏切利小宮殿，兩者成為了今天的達文西博物館。

　　我怎麼一個字也聽不明白！可我是個**彬彬有禮**的紳士鼠，於是回應：「嗯……這是我的榮幸……可是，你是為了什麼事要感謝我呢？」

　　「你就別謙虛啦，謝利連摩！羅貝塔已經告訴我，說你是個**熱情友善**的老鼠，一定樂意幫助我們……不過我們沒時間閒聊，因為馬上就要開始啦！」

「開始……開始什麼？！」

你可以上場了！

你在做什麼？

　　我轉過身，想找我的好朋友問個明白。但我還沒來得及叫她，就有一隻強壯的老鼠往我身上套了一件**黃色的**上衣。

「歡迎加入我們的隊伍！」他邊呼喊着邊走開了。

我好不容易來到羅貝塔身旁，可還沒等我開口說話，她就遞給我一塊蒜烤麵包，上面蘸滿了橄欖油：「謝利連摩，快吃吧！它會給你滿滿的能量！要知道，拔河比賽是非常辛苦的……」

沒等她說第二遍，我就吧唧吧唧咬起了麵包……啊，真是美味呀！

但我還是一個字也沒聽明白，咕吱吱！！！

這時，班哲文和翠兒跑來為我打氣：「啫喱叔叔，讓他們瞧瞧你的厲害！」

聽到他們的話，我差點被麵包噎住，於是生氣地問：「誰能告訴我，你們到底在說些什麼？！」

班哲文回答道：「很簡單啊！你被選中參加一場拔河**比賽**，這是當地的傳統節目，是鎮上居民為了**歡迎**大家而舉辦的活動！」

我以一千塊莫澤雷勒乳酪的名義發誓，這是什麼什麼什麼啊？！

就在這時，羅貝塔用麥克風宣布說：「為歡迎各位國際友鼠，**拔河大賽**即將開始！」

「由於黃隊有成員因傷退出，來自妙鼠城的 **謝利連摩·史提頓**將代替他參賽！」

我的隊友們紛紛抬起我的胳膊，簇擁着把我帶到了廣場中央。

咕吱吱，救命啊啊啊！

我可不是一隻擅長運動的老鼠啊！

我的四肢瞬間癱軟——就像**斯特拉齊諾乳酪**那樣軟！我嘗試抗議：「等等！你們快停下！我腰痛！我落枕！我犯噁心……總之這比賽我參加不了，參加不了！」

可是，一切都是徒勞。此刻，我的手爪裏已經攥了根**繩子**，而館長馬上高聲宣布：「很好，各就各位！」

預備……開始！

嗖嗖嗖！

　　紅隊開始用力拉繩，非常用力！我們黃隊瞬間失去平衡，向前衝了出去。

　　孩子們個個屏住呼吸，緊張地觀看著比賽。

　　這時，布萊恩做起了評述員，說：「各位觀眾，紅隊已獲得明顯優勢！」

大家加油！

我們一定會贏！

　　班哲文不禁大喊：「**加油啊**，晤喱叔叔！」

　　黃隊隊長也吼了起來：「我們不能就這樣放棄……堅持住啊！使勁拉！使勁拉！」

　　隊友們齊聲回應：

「嘿喲！嘿喲！嘿喲！」

堅持住啊！

累死我啦！

　　漸漸地，我們的劣勢開始扭轉，相差越來越小。我也開始**使出全力**，為黃隊貢獻自己的一份力量。只要齊心協力，我們一定可以成功！

　　我以一千塊莫澤雷勒乳酪的名義發誓，真是累死我了！

　　此刻的我早已**汗流浹背**，咕吱吱！

　　這時，紅隊似乎已經使不上力。於是，我越來越使勁，越拉越使勁，直到……

嗖嗖嗖嗖嗖嗖嗖嗖！

哎喲！

繩子突然「嗖」的一聲從我的手爪滑了出去（都怪蒜烤麵包上的**橄欖油**！），害我摔了個四腳朝天！

啊呀呀⋯⋯我的屁股痛死啦！

孩子們、菲，還有館長紛紛圍到我身邊，關心我有沒有受傷。

　　翠兒注視了我許久，突然笑了起來：「啫喱叔叔，你的樣子真是太**好笑**了呢！簡直就像達文西的一幅**名畫**！」

　　我以一千塊莫澤雷勒乳酪的名義發誓，這真是太**丟臉**了！

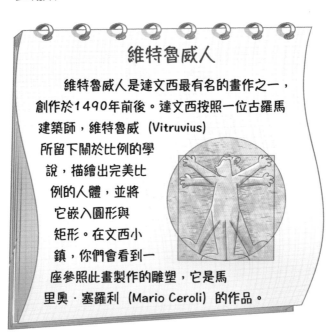

維特魯威人

　　維特魯威人是達文西最有名的畫作之一，創作於1490年前後。達文西按照一位古羅馬建築師，維特魯威 (Vitruvius) 所留下關於比例的學說，描繪出完美比例的人體，並將它嵌入圓形與矩形。在文西小鎮，你們會看到一座參照此畫製作的雕塑，它是馬里奧‧塞羅利 (Mario Ceroli) 的作品。

豐盛的晚宴

經歷了這一連串的不幸之後，此時終於到了晚飯時間。我只想好好品嘗一下托斯卡尼的美味**乳酪**！

館長向眾鼠宣布：「我們在雄偉的城堡廣場為大家準備了歡迎晚宴，請跟我來！」

到達廣場後，我們所有鼠都感到喜出望外！只見長長的餐桌上擺滿了各式美食，非常豐盛，有**羊乳酪**、乳酪**泡沫**夾心烤餅，旁邊放着特級初榨橄欖油，還有用新鮮**卡丘塔乳酪**製成的奶昔，杯口圍着一顆顆飽滿多汁的葡萄呢！

不是吧？！

叮鈴鈴鈴鈴！

想到能品嘗這麼多的美味佳餚，我不禁垂涎欲滴……

我張大嘴巴，正想一口咬下香醇的陳年**羊乳酪**，此時……

叮鈴鈴鈴鈴！

啊！不是吧！我的手機！

「喂？我是謝利連摩・史提頓……」

從電話那頭，傳來了馬克斯爺爺的聲音，氣勢洶洶：「**你這個不聽話的孫子，**總算給我接電話了！你居然不工作跑去度假！」

我支支吾吾：「呃……這個……」

爺爺不依不饒：「我敢打賭，你一定剛想**咬下**一口陳年羊乳酪，對不對？！」

我以一千塊莫澤雷勒乳酪的名義發誓，他怎麼會知道呀？！

爺爺又說：「你還記得那篇關於妙鼠城的**文章**？那篇很重要的文章？那篇在下月就要出版的重要文章嗎？」

「當然啦，爺爺……等我從意大利回來，馬上就寫！」

「不行，不行，不行！為什麼你就不能學學你的妹妹菲呢？她從來不會拖延工作，從來不會獨自跑去**意大利**逍遙玩樂！」

我不服氣地反駁：「可是爺爺，菲正在和我在一起啊！她也在文西小鎮！」

爺爺卻說：「那她一定是在為某篇報道拍攝**照片**，她才不會像你這樣散漫！總之，我已經跟市長說了，我們可以把時間提前，這篇文章會在……**後天**刊登出版！」

「什麼？！後天？！」

「別讓我看到你的一副傻樣！我等你的初稿，明早就要交給我！

好好把握時間，趕快、馬上、立刻去做！！！！！」

說完，他便掛了電話。

各位親愛的鼠民朋友，你們也知道，只要馬克斯爺爺想完成一件事，他就絕不會改變主意！

於是，我**依依不捨**地向館長、菲還有所有孩子告別，獨自回到酒店，開始了工作⋯⋯

正當我開始劈里啪啦敲打起電腦**鍵盤**時，一陣敲門聲傳了過來：

咚！ 咚！ 咚！

　　是翠兒和班哲文！只見他們手爪裏端着一個盤子，上面擺滿了**羊乳酪**。

　　「這是給你的，啫喱叔叔！在晚上工作，一定需要足夠的能量呢！」

　　孩子們的關心，就像**乾酪**甜品一樣，讓我充滿能量！我吧唧吧唧品嘗了好幾塊乳酪……

……瞬間，就連手頭的工作也順利了起來！

探索達文西的故鄉

第二天一早，我們便開始了文西小鎮之旅。

不用説，第一站當然是達文西博物館！

羅貝塔早就在入口處迎接我們。她説：「我們即將探索達文西發明的各種神奇**機器**，大家準備好了嗎？」

孩子們異口同聲説：「**準備好啦！好緊張呀！**」

達文西博物館

作為工藝家、科學家與工程師，達文西創造了許多的發明。在達文西的故鄉，當地成立了一座達文西博物館，讓大眾可以進一步認識這位偉人的生平。

意大利達文西博物館（Museo Leonardo da Vinci）位於佛羅倫斯的文西小鎮，展館分為兩部分，分別在烏切利小宮殿以及圭迪城堡。館內除了展出了達文西一些的偉大發明，如機器與模型，還同時展示這位天才的圖則、設計手稿。

此外，博物館更製作了一些數碼動畫和互動遊戲，讓訪客更容易了解達文西傳奇的一生。

館長一路陪伴我們，向我們講述了所有展品的由來與趣聞。這真是一次**不同凡響**的經歷呢！

　　一切都很順利。可就在這時，翠兒突然說道：「啫喱叔叔，快看這個巨型翅膀……你是不是想起了什麼呢？我真是迫不及待想再次登上天才鼠的**飛機**啦！」

　　我以一千塊莫澤雷勒乳酪的名義發誓，光是想想，我的臉就已經刷地**綠**了起來，咕吱吱！

　　當我們參觀完畢，孩子們開始在古老的**圭迪城堡**前拍攝照片。

救命啊！！！！

我正想利用這個機會休息一下，這時，萊昂諾爾卻突然叫道：「啊！！！你們快來啊！快！要把鏡頭聚焦起來，拉到**十分、非常、超級近！**我發現了一個非常奇怪的東西！」

小老鼠們爭先恐後，蜂擁而上。他們甚至把我**撞到**一邊，讓我重重地摔在地上！

為什麼，為什麼，為什麼這一切偏偏都只發生在我身上？

我站起身後，萊昂諾爾把她的**相機**遞給我看，說：「史提頓先生，你看我發現了什麼！」

我定睛一看……啊！我以一千塊陳年乳酪的名義發誓，在城堡的正面上，有一塊**小磚**，看起來有點不協調，和其他的磚塊不一樣呢！而且磚塊上居然還有一個小把手！

班哲文說道：「看起來就像是一個抽屜！」

他說得沒錯，為什麼會有抽屜嵌在城堡的正面呢？

奇怪，真奇怪，簡直是**太奇怪了！**

菲提議說：「我們試試能不能打開它……」

說完，她便踮起腳爪，握住**把手**，慢慢拉動起來。抽屜真的打開了！

在眾鼠驚訝的目光中，菲從裏面抽出了一張古老的**羊皮紙卷**，然後慢慢打開。

我不禁問：「上面寫的是什麼呀？我怎麼連一個字都看不懂……」

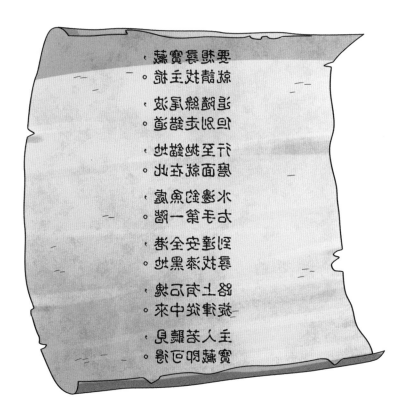

　　館長則說：「這絕對是一個**非比尋常**的重大發現！羊皮紙上的字似乎是達文西所寫的。你們知道，這位天才常常以**鏡像方式**書寫的！」

一起來破解達文西的手稿吧！

請準備一面鏡子，把羊皮紙上放在鏡子旁，然後通過鏡裏的反射，閱讀文字。這樣，你就會發現，有了鏡子，你也能毫不費力地讀懂達文西的手稿了！

　　翠兒叫道：「所以，要想破解羊皮紙上的文字，就需要一面**鏡子**！」

　　菲在袋子裏東翻西找，然後說：「我有鏡子，我們一起來破解它吧！」

　　這個方法果然可行，羊皮紙上的文字信息，**反射**娘囝在鏡子裏，一字一句，清清楚楚！

　　我眼前一亮：「你們大聲唸出來，我把它記到筆記簿上！」

　　就這樣，我逐字逐句記錄了紙上的**信息**。

　　最後，我的妹妹菲大聲宣布：「這似乎是一則**尋寶**提示！」

　　館長立刻提議：「大家可以試着去解開這些謎團，找出達文西的秘密。與此同時，我也會

和我的同事們一起，對這張羊皮紙進行詳細分析。」

　　孩子們一起歡呼雀躍。班哲文代表大家宣布：「**達文西之友國際俱樂部**一定會按照這位天才留下的線索，找到寶藏！」

1. 要想尋寶藏，
   就請找主桅。

2. 追隨綠尾波，
   但別走錯道。

3. 行至拋錨地，
   磨面就在此。

4. 水邊釣魚處，
   右手第一階。

5. 到達安全港，
   尋找漆黑地。

6. 路上有石塊，
   旋律從中來。

7. 主人若聽見，
   寶藏即可得。

達文西留下的謎團……

皮埃爾重新唸起了第一條線索：「『要想尋寶藏，就請找主桅。』達文西是要告訴我們什麼呢？」

班哲文說道：「**主桅**不是應該在大船上嗎？可是……在這文西小鎮附近，連一片海都沒有呢！」

我建議：「每當我有想不通的疑難時，就會嘗試從**書本**裏尋找答案……不如我們去圖書館看看，好嗎？」

翠兒回應道：「啫喱叔叔，你真聰明呢！在文西小鎮上，就有一座**達文西圖書館**！」

　　菲立刻跑了起來：「好！立刻出發！我們的**尋寶行動**，就從圖書館開始！」

　　一到圖書館，孩子們就立刻翻閱各種書籍。每次只要他們找到一本相關的書，就會立刻塞到我的手爪裏。

　　「啫喱叔叔，快拿着！」班哲文一邊說，一邊給了我一本紅色封面，厚重的「**磚頭書**」。

　　「……還有這本！」翠兒又遞給了我一本**古老的密碼手冊**。

　　「……還有這本，這本……這本！」阿嘉莎一連送來了三本**厚書**。

　　只是片刻的功夫，我兩爪上的書本已經堆得比山還高！

①

啊呀！

② 啊呀呀！痛死我啦！

雪上加霜的是，我每走一步，它們就**晃動**一下，搖搖欲墜！咕吱吱！

就在這時，凌寧迎面向我跑來，然後登上旁邊的梯級，在書堆的最高處又疊上了一本。那本書又厚又重，而且**滿是灰塵**！

我只覺得一大片灰塵飄進了我的鼻孔……

乞嚏！

我忍不住打了個噴嚏！然後，我瞬間失去了平衡，左搖右晃……只聽「噼啪」一聲，我手裏捧着的書本全都**散落一地**！

這時，一把聲音在我耳邊響起：「你能解釋這到底是怎麼一回事嗎？！你到底是誰？」

我以一千塊莫澤雷勒乳酪的名義發誓，那是圖書館管理員啊！

真是太丟臉啦！

我的臉瞬間漲得通紅，結結巴巴地說道：「抱歉……真是抱歉！我是**謝利連摩・史提頓**，呃……」

就在這時，菲和孩子們一起跑了過來。班哲文說：「我們正為一場**尋寶行動**搜集資料呢！」

圖書館管理員好奇地問道：「尋寶？什麼寶？」

於是，我們將事情一五一十告訴了她，無論是關於那張羊皮紙的，還是達文西留下的**第一條線索**。

圖書館管理員沉默了片刻，隨後露出了微笑：「對啊……**城堡！**」

萊昂諾爾不禁問：「城堡？!我們今早就在那裏……也是在那裏找到的羊皮紙！可……」

「……這和主桅又有什麼關聯呢？」翠兒接着她問。

圖書館管理員連忙解釋：「這很簡單，在文西鎮上，我們把這座**古老的建築**稱作『船之堡』，因為它的形狀就像一艘船……而城堡的**塔樓**就像主桅一般！難道你們沒注意到嗎？」

我以一千塊莫澤雷勒乳酪的名義發誓……

她説得對極了！原來，這就是達文西所指的「主桅」！

我們已經破解了**第一條線索**。

皮埃爾不禁讚歎：「真是機智！太感謝了！」

我對圖書館管理員深深鞠了一躬，就像一名真正的紳士鼠那樣，説：「請你原諒，剛才那些書……我……」

她打斷了我：「沒關係，沒關係。看在**達文西**的份上，我原諒你了。你們還是趕快去城堡吧！」

沒等她重複第二遍，我們就回到了*船之堡*！

城堡的塔樓

正當我們再次欣賞這座城堡時，布萊恩發言了：「根據線索，我們應該登上主桅，也就是爬上**塔樓**！」

翠兒興奮地喊道：「快跑！誰最後一個到，誰就是大笨蛋！預備……跑！」

說時遲，那時快，菲和孩子們**一個箭步**衝了出去。

我不禁大喊：「喂……等等我啊！」

菲回答：「加油啊，啫喱！別做大笨蛋！」

我歎了口氣：「我才不是大笨蛋呢，哼！」

可當我登上塔頂的時候，早就已經**上氣不接下氣**！

菲和孩子們很快把露台找遍了，試圖破解**第二條線索**：「追隨綠尾波，但別走錯道。」

　　班哲文說：「啫喱叔叔，這裏什麼也沒有，根本就沒有**綠尾波**的蹤跡啊！」

　　阿嘉莎補充：「確切地說，這裏根本沒有任何綠色的東西！」

　　凌寧說：「也許，我們跟**天才**的智慧還差很遠……」

好美的景色呀！

我試圖安慰他們：「孩子們，千萬別**洩氣**……你們看，這下面的景色多美呀！」

　　在塔樓上，這裏可以飽覽文西小鎮的**全貌**，環顧四周，許多房子的屋頂高低起伏，還有托斯卡尼的鄉間綠樹，一起交織成了一幅美麗的畫面。

　　正當我們沉醉在眼前的美景中時，一名導遊的聲音將我們拉回了現實：「各位團友，從這裏你們可以欣賞到美不勝收的風景。這邊就是著名的『**綠色街道**』！這條街道從文西小鎮一直通往達文西出生時的房子……」

　　翠兒一下**跳**了起來：「嘿！你們聽見了嗎？」

　　班哲文也眼前一亮：「原來『綠尾波』就是指這個呀！就是導遊所說的**綠色街道**！」

　　「那還等什麼？」菲興奮地說道：「快向綠色街道進發！」

追尋線索

我們向導遊 **問路** 查詢後，便向綠色街道進發了。

凌寧邊走邊說：「我們可別忘了，線索是這麼說的：『追隨綠尾波，但別走錯路。』所以，是不是應該注意什麼。」

我看着剛才的筆記，讀起**第三條線索：**「*行至拋錨地，磨面就在此。*」

「我想這條線索應該能提示我們，究竟需要**注意**什麼……」

就在這時，翠兒呼叫起來：「啊！你們快來看啊！這裏有一塊牌子！」

文西鎮水力磨坊

（達文西 -《大西洋古抄本》C.A. 282 R.B）

皮埃爾驚呼：「對啊！鎮上的**水力磨坊**就是達文西設計的呢！它的草圖收藏在《大西洋古抄本》*裏！」

凌寧問道：「這磨坊現在到底在哪兒呢？」

皮埃爾回答：「年久失修，現在只剩下了這塊**牌子**……」

班哲文則在一旁說道：「可不管怎樣，我們已經根據達文西的線索找到了正確的地方，磨坊不就是用來**研磨**麵粉的嗎？」

我以一千塊莫澤雷勒乳酪的名義發誓，孩子們居然連第三條線索也成功破解了！

＊《大西洋古抄本》是達文西手稿集冊中最大的一部，內容廣泛，涵蓋不同的技藝領域，共 12 卷，現收藏於意大利米蘭安布洛其亞圖書館。

「你們全都是優秀的偵探！」

翠兒笑道：「這可全是達文西的功勞，啫喱叔叔！是他的聰明才智給了我們啟發！」

萊昂諾爾又問：「那接下來應該找什麼呢？」

我拿起筆記簿，向大家朗讀起**第四條線索**：「*水流釣魚處，右邊第一階。*」

皮埃爾表示不解：「**水力**能推動磨坊運作，但是現在磨坊都沒了，我們上哪兒去找水流呢？」

大家沉默了片刻。這時，菲說道：「我想我們應該好好借助科技幫忙。」

說完，她便從口袋裏掏出**手機**，並打開了這片區域的地圖。

　　阿嘉莎不禁問：「你在做什麼？」菲解釋道：「衛星**地圖**能讓我們了解周圍的情況，說不定可以幫助我們理解達文西的信息。比如，你看，這裏顯示附近有一座『水力引流道』……」

　　萊昂諾爾叫道：「這名字真特別！」

　　皮埃爾解釋：「引流道*能夠將水輸送到水力磨坊，而且……」

　　布萊恩突然打斷了他：「對呀！！達文西真會**開玩笑**……」

　　眾鼠都聽得一頭霧水。於是，我不禁提出了疑問：「嗯……你能不能好好解釋一下呢？我們都沒聽懂，真讓人摸不着頭腦！」

　　「你們想想，這其實就是個字謎，是個**字謎遊戲**啊！這個單詞有兩個意思。引流道是一種特殊裝置，能夠從天然河道中引水到所需的地方。

「我們以為達文西說的是『釣魚處』，其實這個詞語還有另一個意思呢：引水道！我們只想到釣 **魚** ，但真正的答案是引向磨坊的水流呢！」

我以一千塊莫澤雷勒乳酪的名義發誓，**第四條線索**也已經破解啦！

根據手機上的指示，菲帶領我們到達了引水道。它是用**石頭**堆成的，上上下下好幾層梯級，位於樹林裏。

皮埃爾不禁讚歎：「這項**工程**真是太奇妙了！階梯結構不僅能把水源進行分流，還能減低水流的速度！」

「等等！」凌寧突然說道：「你是說『階梯』嗎？」

「對啊！怎麼了？」

「**線索**裏説：『水邊釣魚處，右手第一階！』階梯由一層層梯階組成。你們看！這條引水道，真的很像一條樓梯呢！」

翠兒大叫：「沒錯！」

布萊恩立刻湊到右邊第一格**梯階**：「快！我們推推看！」

孩子們迫不及待，一起上前合力*推動*那層石階。

翠兒歎了口氣：「不行，一點兒也推不動呢！」

菲說：「等等！我們來幫忙！謝利連摩，快！」

就這樣，大家眾志成城，使出了渾身力氣。這一次……**石頭移動啦！**

與此同時，在我們身後的樹叢裏，出現了一扇**活門**。

皮埃爾不禁瞪大雙眼，高聲讚歎：「真是一項天才的裝置呢！」

凌寧也說：「這場冒險真是太刺激啦！」

「**達文西**總是不斷地給我們製造驚喜！」萊昂諾爾又補充道。

正當孩子們為達文西的聰明才智激動不已時，我來到了活門前。看見門上的大字，我不禁瑟瑟發抖……

下面一片漆黑……

不！

是伸手不見五指！

呃啊啊啊，真是嚇死鼠啦！

黑暗的秘道

　　凌寧從口袋裏掏出一支手電筒，説道：「我總會隨身攜帶，以防萬一。我們可以用手電筒照亮秘道。只是……該由誰第一個下去呢？」

　　我開始吹起口哨，裝傻充愣。而翠兒卻一把將我推上了前：「啫喱叔叔，他自告奮勇！」

什麼什麼什麼？！

　　我才不要第一個下去呢！

　　這時，孩子們全都滿懷希望地看着我，凌寧還把手電筒塞到了我的手爪裏。

　　嘩啊，這下我一定完蛋了！

我不禁四肢亂顫，牙齒打架，卻只能無奈
地說道：「好吧好吧……我去看看……」

　　我鑽進黑洞，發現前方是一條地下**通道**。
雖然很黑暗，但似乎並不危險。於是，我大聲呼
喊：「這裏安全！你們也下來吧！」

　　菲和孩子們個個身手敏捷，**一躍而下**。班
哲文興奮地喊道：「真是太刺激了！居然真有秘
道！不知道它會把我們帶去哪裏?!」

真是太刺激了！

我們越是往前，秘道就越是黑暗，越是狹窄。一股**涼意**不禁從我的鬍鬚一直傳到尾巴。

我小聲説：「我們……還是返回去吧……」

　　只聽阿嘉莎嚴肅地回應：「絕對不行！要想完成這個**尋寶行動**，我們就必須堅持到底！」

　　我只好鼓起勇氣，繼續向前。可是走着走着，我突然覺得有什麼正在暗地裏**監視**着我們似的……

　　我將手電筒照向高處……啊！居然有成百上千隻黑色的**生物**正向我們逼近啊！

　　我差點暈了過去，連忙大叫：「**救命啊！救命啊！救命啊！大家快逃！快逃！**」

　　我拼命奔跑，上氣不接下氣，連眼睛都不敢睜開（我不要看見那些可怕的怪物啊！）。突然……哐噹！

　　我撞到了什麼東西，摔了個四腳朝天！

達文西的鬼魂？

當我再次睜開雙眼時，看見孩子們和菲一起彎下腰打量着我。「叔叔，你怎麼了？」

「翠兒！你們都在嗎？你們還好嗎？」我一邊嘗試起身，一邊叫道。

「我們當然好啦！不過就是些

小蜘蛛嘛！」

我以一千塊莫澤雷勒乳酪的名義發誓，我看到的明明是一羣**可怕的怪物**啊！

菲告訴我：「說來你也不信，你在逃跑的時候，居然發現了秘道的終點……你快看看，自己**撞到**了什麼！」

我不禁抬起目光⋯⋯我以一千塊莫澤雷勒乳酪的名義發誓，那是一扇木門啊！

只見班哲文轉動門的把手⋯⋯門就打開了！

出現在我們面前的，是一道長長的樓梯。上樓後，我們立刻進入了一間房間。

正當我四下環顧時，一把響亮的聲音突然從我們身後傳來：「**歡迎來到我家！**」

我轉過身⋯⋯簡直不敢相信自己的眼睛！

出現在我面前的，居然是**李安納度‧達文西！**這⋯⋯這⋯⋯這怎麼可能呢？

我開始渾身發抖，從鬍鬚一直抖到尾巴！最後，我害怕得暈了過去。

當我醒來時，孩子們和菲個個衝着我笑。

「呵呵呵，啫喱，你怎麼永遠都是這副傻樣呢！」

　　我什麼也不明白，問道：「有什麼好笑的呀？你們難道沒看見達文西的**鬼魂**嗎?!」

　　班哲文解釋道：「啫喱叔叔，哪裏有什麼鬼魂！秘道把我們帶進了達文西**出生的房子**。這個故居已經對外開放了呢！你看到的是全息影象*，是專門用來歡迎遊客的！」

　　咕吱吱！這下可好！我又把自己變成了**大笨蛋**！

*全息影象就是把影像立體地呈現出來。

幸好，孩子們的注意力很快又回到尋寶行動上。

萊昂諾爾叫道：「所以，這裏就是第五條線索裏所指的『安全港』，達文西的家！」

布萊恩思考了片刻，說：「沒錯。那麼『漆黑地』是指哪裏呢？」

我們開始在房子裏四處搜查，以找尋線索。

「可能是一間沒有窗戶的屋子……」

「或者是一個陽光照不到的小角落……」

「會不會是一間極其隱蔽的酒窖？」

孩子們提出了許多假設，可惜似乎沒有一個是正確的。

突然，我靈光一現！有時候，在一個問題上糾結太久或許並沒有幫助……相反，如果能想想別的事，說不定答案就自己出現了呢！

達文西出生時的房子

這幢房子位於安奇諾村，蒙塔爾巴諾山上，隱密在成片成片的古老橄欖樹間，投進大自然的懷抱。

房子距離文西小鎮的鎮中心只有數公里之遙，現今對外開放給大眾參觀。在這裏，遊客能夠了解達文西的家族歷史，領會大自然對他產生的重要影響。

於是，我提議：「各位達文西之友，你們可以跟我介紹一下這幢房子的故事嗎？」

萊昂諾爾興致勃勃地說道：「當然可以，史提頓先生！達文西於1452年4月15日出生在這間簡陋的農舍……」

班哲文繼續：「我們所在的位置是安奇諾村，屬於文西小鎮的地區。」

凌寧又補充：「這裏是鄉間，四周的風景與15世紀時，幾乎沒有變……」

「達文西在童年時可以每天在草地上奔跑玩耍，」皮埃爾笑着說，「到了晚上還能在壁爐前取暖……」

這時，翠兒的眼睛忽然一亮：「等一下，等一下！我想我知道什麼是『漆黑地』了……那是壁爐的煙囪啊！」

對啊！我就說了，想想別的事，一定會有幫助……可是……應該由誰來鑽進**壁爐**呢？

我有一種不祥——非常不祥的預感！

我朝後退了一步，菲卻用**手爪**一把將我攔住：「謝利連摩，勇敢一點嘛！快鑽進煙囪看看！」

咕吱吱！為什麼，為什麼，為什麼這一切偏偏都只發生在我身上？！

菲繼續說道：「快進去，我們在後面**推**你一把！」

就這樣，我無奈地鑽進了達文西故居的壁爐。

呼！幸好煙囪不是非常狹窄！但是，裏面實在**漆黑一片**，眼前的東西，簡直連貓和老鼠都沒法分清呢！

我開始用手爪敲擊管道的內壁，直到發現一個凹洞……

我以一千塊莫澤雷勒乳酪的名義發誓，洞裏有東西！

我一把抓出那個**神秘的物件**，說道：「我找到了一樣東西！快讓我出去！」

我終於爬了出來！這時，孩子們卻突然爆發了一陣開懷大笑，為什麼大家都在笑呢？

我看了看自己的手爪，這才明白過來，原來我渾身上下沾滿了**煙灰**，從鬍鬚一直到尾巴都髒兮兮啊！

音樂謎題

　　孩子們仔細擦搜查了我在壁爐裏找到的神秘物件，發現原來是一個**銅製的小匣盒**。盒子裏裝着一張地圖，還有一把神秘的鑰匙。

　　阿嘉莎興奮地叫：「我們解開了**第五條線索**！」

　　大家都一臉興奮，看來我們將快要解開達文西留下的神秘迷團了！

　　我不禁問：「在仔細研究這幅地圖之前，能不能先讓我把身上的煙灰清理乾淨？」

　　翠兒卻搖頭說：「不能不能不能！我們得立刻出發，叔叔！**寶藏**已經近在咫尺了！」

咕吱吱！這場尋寶行動到底何時完結！

好吧。我也只好跟菲和孩子們，一起沿着達文西**地圖**上的指示繼續前進。

到達目的地後，凌寧要我把**第六條線索**告訴大家。於是，我掏出筆記本，唸起來：「*路上有石塊，旋律從中來。*」

皮埃爾說：「我們要找的是⋯⋯一塊石頭！」

班哲文也發表了意見：「沒錯。可是，這裏到處都是石頭⋯⋯我們怎麼知道哪一塊會奏出旋律呢？」

「搜索行動正式開始⋯⋯

達文西之友，無往不勝！」

萊昂諾爾一邊說着，一邊把手爪伸到了眾鼠中間。

大家一起伸出了手爪，吶喊着為彼此加油。

隨後，我們便開始四處尋找。

幾分鐘後，凌寧大喊：「我找到那塊**石頭**啦！」

於是，我們全都圍到了這名小考古學家的身邊。大家循着他手指的方向望去，我們發現一塊大石頭上隱約看到**刻**有一些符號。

　　凌寧又說：「我看不清上面究竟刻了什麼，我需要工具讓符號顯現才行……」

　　隨後，他看了看我，說道：「也許這樣可以……史提頓先生，請你從筆記簿上撕下一張**紙**，放到石頭上，然後用你沾滿**煙灰**的手

爪來回摩擦。這樣符號就會在紙上顯現啦！」

　　他的主意好極了！我開始用力摩擦。當我把手爪上的黑色煙灰塗在紙上時，一些**符號**隨即出現了！

　　班哲文說：「這些符號可真奇怪……看起來就像是……就像是音符！對！這應該就是達文西所說的旋律了……阿嘉莎，你能看懂嗎？」

　　我們的小**音樂家**，阿嘉莎端詳了片刻，說道：「它們的確是音符！可是很奇怪……除了**音符**之外，還有圖畫和幾個字母，就像是……」

　　「……像是**畫謎**！」布萊恩替她說完了話。

　　「達文西可是畫謎的發燒友呢！」

達文西與畫謎

　　達文西對畫謎、字謎以及文字遊戲有濃厚的興趣。

　　這位天才曾憑藉自己的聰明才智，創作出許多有趣的謎題。它們甚至還得到了當時的統治者——魯多維科大公的推崇：他是達文西在米蘭生活期間所結識的。

阿嘉莎轉身對我說道：「史提頓先生，能把你的**筆記簿**借我一用嗎？」

我把筆記簿遞給了她。不一會兒，阿嘉莎就抄下畫謎，然後畫出一個**五線譜**，並畫出了一些音符。

隨後，她把筆記簿展示到大家面前，說：「在音符旁邊，有一個**奇怪的**圖案。你們覺得它會是什麼呢？」

沉思片刻後，布萊恩說：「它看起來像是一個**魚鈎**，意大利文是Amo！」

我以一千塊莫澤雷勒乳酪的名義發誓，他說得對啊！

阿嘉莎繼續說道：「接着就是四個音符：RE、MI、FA和SOL！」

皮埃爾又說：「後面的四個字母分別是L、E、V和A。」

「最後又是一個音符：RE！」

布萊恩興奮地喊道：「我知道啦！這是源自意大利文：L'Amore mi fa sollevare！**中文的意思是：愛使我開懷！**」

咕吱吱！我們又解開了一個謎團了！但是⋯⋯這句子究竟蘊藏了什麼信息呀？

這就是**第六條線索**，可真難破解啊！

投入大自然

菲提議：「要不我們抬起石頭看看！也許，這場尋寶行動的最後一個玄機，就藏在石頭下面！」

阿嘉莎卻說：「這塊石頭看起來好像很重……我們真能抬起它嗎？」

我笑了：「我們已經一起經歷了這麼多的考驗……一定也能渡過這個難關的！」

翠兒拍了拍我的肩膀：「說得真好，啫喱叔叔！你終於不做大笨蛋了呢！」

於是，大家紛紛圍到石頭旁，然後菲高喊：「聽我指揮：一、二……三！」

我們團結力量，終於把石頭搬到了一旁。

只聽翠兒大喊：「快看啊！地上裝置了一扇**小門**！它上了鎖的呢！」

我之前在壁爐裏找到的鑰匙，原來就是用於此處呀！**第六條線索**也終於破解啦！

我把鑰匙插入鎖孔，而孩子們和菲則在一旁屏住了呼吸。

「太讓鼠心情激動了！」

「不知道究竟是什麼**寶藏**呢……」

這裏面究竟藏了什麼呀？

「難道是一部時光機？」

「還是一幅畫？」

我轉動鑰匙，門隨即打開了！什麼什麼什麼？！居然又是一張

羊皮紙！

我展開紙卷，把這位天才留下的**信息**唸給大家：

如果你認為
寶藏是在一塊大石頭的下面，

那是因為在尋找的時候，
你只顧着往下看。

生活給予我們的
最珍貴的寶藏，
其實是我們對於
大自然的欣賞啊！

沒錯！大自然才是真正的老師，
教會我們如何運用頭腦。

在觀察大自然時，
我學到了最重要的東西，
也因此才能成為天才！

親愛的朋友們，你們也來試試吧！
我敢保證，你們一定會幸福無比！

李安納度・達文西

孩子們不禁感動萬分。班哲文說道：「沒錯呢！達文西這位偉大天才曾提及大自然是『**真正的老師**』……他邀請我們觀察自然，從**大自然**中獲取靈感，就像他一生所做的那樣！這就是他的寶藏啊！」

我們紛紛抬起頭，放眼觀察四周，這才發現，我們身處於大自然的**環抱**！

凌寧說道：「我們只顧着尋寶，卻完全忽略了周圍如此美麗的**風景**！」

萊昂諾爾也說：「瞧瞧這些生機勃勃的橄欖樹，延綿起伏的山丘，還有萬里無雲的天空……這些美景，可都是**達文西**在我們這個年紀時所欣賞到的呢！」

翠兒又補充：「只要我們懂得欣賞，大自然的精彩表演就永遠不會停止。」

孩子們説得對極了！不過，我還是覺得一些**玄機**沒有解開⋯⋯

啊！我突然明白了過來：「你們仔細想想，為什麼這個**尋寶行動**，會在這裏結束呢？」

萊昂諾爾試着回答：「是不是因為達文西熱愛大自然呢？」

我點了點頭：「這是當然。他對**大自然**有着一種特別的感知力，還對每一種生命形式懷有深深的敬意。他確實研究了許久，才最終領悟到大自然的奧秘⋯⋯可是，你們覺得，他為什麼非要把我們引來這裏呢？」

「也許是因為⋯⋯這裏是他每天都會看見的地方？」翠兒回答。

班哲文也興奮地加入了討論：「不，不止是這樣。因為這裏是他最熱愛的地方！也許達文西

就是要把他最喜愛的美麗風光**景色**贈送給我們呢！」

　　「沒錯！」我讚許道。

　　皮埃爾不禁感歎：「真是難以置信……這絕對是這世上最**珍貴的**寶藏了！」

達文西，偉大的天才！

回到文西小鎮，我們就立刻跑去見館長。我們把這場難忘的經歷全都告訴了她，並把在尋寶行動中找到的達文西**手稿**交給了她。

真是一個
重大的發現呢！

她微笑着讚歎：「這次真是一個重大的發現呢！當中的**文化價值**，簡直是不可估量，不可想像，不可思議！

你們真是太棒啦！」

我不禁向孩子們投去讚許的目光：「這都是各位**達文西之友**的功勞！要不是他們對這位天才有如此深入的了解，我們根本無法解開那些棘手的謎團！這羣孩子真是出色！」

羅貝塔一一擁抱了他們，隨後問我：「謝利連摩，那你又經歷了什麼呢？你看起來比**下水道的溝渠**還要髒！」

啊！完了！我居然忘了自己沾着一身煙灰呢……

真是太丟臉啦！

館長笑了：「不用擔心！你還有時間可以去好好洗澡。不過別忘了，今天晚上會有天才達文西的紀念活動在圭迪廣場舉行。你可千萬不要遲到！」

回到酒店，我用完了浴室所有的肥皂，終於把身上的煙灰洗淨。隨後，我穿上一身還帶有染料香味的西裝，再往手腕上噴了兩滴梵蒂娜乳酪味的香水。

我渾身乾乾淨淨，還香噴噴的呢！這下可以安心參加天才達文西的紀念活動啦！

廣場上掛起了彩燈點綴，真是美麗極了！我們到達時，鎮上的所有居民為我們舉行了熱烈的歡迎儀式。

在活動上，博物館館長給我、菲，以及孩子們頒發了感謝獎牌，隨後大家一起品嘗起托斯卡尼的地道美食。

我高興地說道：「孩子們，知道我在想什麼嗎？你們都應該來妙鼠城，越快越好！我們可以一起寫篇**文章**，至於主題，當然是達文西的寶藏啦！」

孩子們異口同聲說：「我們一定會來，史提頓先生！這個主意真是**不同凡響！**」

各位親愛的鼠民朋友，其實，**李安納度·達文西**教給我們最特別的事，是我們周圍的一切，都值得去探索，去思考！而這世上最難忘的冒險，永遠都是和我們所愛的人一起經歷的。難道不是嗎？

這可是史提頓說的！
謝利連摩·史提頓！

天才科學家
李安納度‧達文西

達文西一生好學不倦，是一位偉大的科學天才。他在科學多個不同領域上均取得重大的成就，包括機械工程、軍事機械、人體解剖、天文地理，以及水利建設等各方面也有重大的貢獻，推動人類文明的發展。

達文西是人類飛行研究的先驅。他嘗試設計研發各種飛行機器，例如直昇機、輕型滑翔翼、降落傘和撲翼機等，啟發了後世的飛行研究。

空中螺旋器

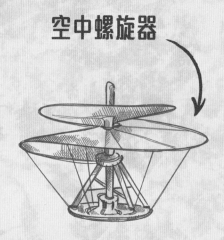

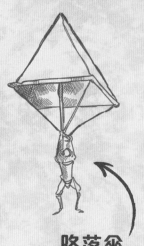

降落傘

達文西喜歡觀察大自然，致力
研究水力工程。

搖擺橋

他發明了一些水利
河道建設，例如水力鋸、
潛水衣、雙體船、明輪船
和簡單的救生圈。

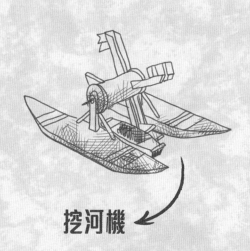

挖河機

傳奇的藝術家

　　達文西智慧過人，擁有非凡的觀察力，想像力和創造力。他是一個偉大的畫家，熱愛繪畫藝術。他熱愛大自然，喜歡繪畫動物和風景。

　　其中，達文西經典繪畫名作《蒙娜麗莎》更成為了文藝復興時期藝術界的瑰寶。

《蒙娜麗莎》

達文西常常隨身帶備筆記簿來記下他的想法，留下了不少珍貴的手稿。他心思縝密，不但喜歡書寫鏡像文字（即文字左右反轉），更在會藉字謎和畫謎來隱藏信息。

達文西的手稿

達文西多才多藝，音樂天賦過人。他熱愛音樂，喜歡彈奏里拉琴（一種西方古典撥弦樂器），還會設計新樂器，例如手提鋼琴。

里拉琴

《鼠民公報》大樓

1. 正門
2. 印刷部（印刷圖書和報紙的地方）
3. 會計部
4. 編輯部（編輯、美術設計和繪圖人員工作的地方）
5. 謝利連摩·史提頓的辦公室
6. 花園

老鼠記者 Geronimo Stilton

1. 預言鼠的神秘手稿
2. 古堡鬼鼠
3. 神勇鼠智勝海盜貓
4. 我為鼠狂
5. 蒙娜麗鼠事件
6. 綠寶石眼之謎
7. 鼠膽神威
8. 猛鬼貓城堡
9. 地鐵幽靈貓
10. 喜瑪拉雅山雪怪
11. 奪面雙鼠
12. 乳酪金字塔的魔咒
13. 雪地狂野之旅
14. 奪寶奇鼠
15. 逢凶化吉的假期
16. 老鼠也瘋狂
17. 開心鼠歡樂假期
18. 吝嗇鼠城堡
19. 瘋鼠大挑戰
20. 黑暗鼠家族的秘密
21. 鬼島探寶
22. 失落的紅寶之火
23. 萬聖節狂嘩
24. 玩轉瘋鼠馬拉松
25. 好心鼠的快樂聖誕

26. 尋找失落的史提頓
27. 紳士鼠的野蠻表弟
28. 牛仔鼠勇闖西部
29. 足球鼠瘋狂冠軍盃
30. 狂鼠報業大戰
31. 單身鼠尋愛大冒險
32. 十億元六合鼠彩票
33. 環保鼠闖澳洲
34. 迷失的骨頭谷
35. 沙漠壯鼠訓練營
36. 怪味火山的秘密
37. 當害羞鼠遇上黑暗鼠
38. 小丑鼠搞鬼神秘公園
39. 滑雪鼠的非常聖誕
40. 甜蜜鼠至愛情人節
41. 歌唱鼠追蹤海盜車
42. 金牌鼠贏盡奧運會
43. 超級十鼠闖瘋鼠谷
44. 下水道巨鼠臭味奇聞
45. 文化鼠巧取空手道
46. 藍色鼠詭計打造黃金城
47. 陰險鼠的幽靈計劃
48. 英雄鼠揚威大瀑布
49. 生態鼠拯救大白鯨
50. 重返吝嗇鼠城堡

51. 無名木乃伊
52. 工作狂鼠聖誕大變身
53. 特工鼠零零K
54. 甜品鼠偷畫大追蹤
55. 湖水消失之謎
56. 超級鼠改造計劃
57. 特工鼠智勝魅影鼠
58. 成就非凡鼠家族
59. 運動鼠挑戰單車賽
60. 貓島秘密來信
61. 活力鼠智救「海之瞳」
62. 黑暗鼠恐怖事件簿
63. 黑暗鼠黑夜呼救
64. 海盜貓暗偷鼠神像
65. 探險鼠黑山尋寶
66. 水晶宮多拉的奧秘
67. 貓島電視劇風波
68. 三武士城堡的秘密
69. 文化鼠減肥計劃
70. 新聞鼠真假大戰
71. 海盜貓遠征尋寶記
72. 偵探鼠巧揭大騙局
73. 貓島冷笑話風波
74. 英雄鼠太空秘密行動
75. 旅行鼠聖誕大追蹤

76. 匪鼠貓怪大揭密
77. 貓島變金子「魔法」
78. 吝嗇鼠的城堡酒店
79. 探險鼠獨闖巴西
80. 度假鼠的旅行日記
81. 尋找「紅鷹」之旅
82. 乳酪珍寶失竊案
83. 謝利連摩流浪記
84. 竹林拯救隊
85. 超級廚王爭霸賽
86. 追擊網絡黑客
87. 足球隊不敗之謎
88. 英倫魔術事件簿
89. 蜜糖陷阱
90. 難忘的生日風波
91. 鼠民抗疫英雄
92. 達文西的秘密

與老鼠記者一起
歷奇探險走天下！

親愛的鼠迷朋友，
　　　下次再見！

謝利連摩・史提頓

Geronimo Stilton

奇鼠歷險記

與謝利連摩一起展開
視覺及嗅覺並重的冒險之旅！